RIchard Habenicht

Die Grundzüge der lateinischen Prosodie und Metrik in berichtigter und vervollständigter Fassung

RIchard Habenicht

Die Grundzüge der lateinischen Prosodie und Metrik in berichtigter und vervollständigter Fassung

Unveränderter Nachdruck der Originalausgabe von 1868.

1. Auflage 2022 | ISBN: 978-3-37506-084-8

Verlag: Salzwasser Verlag GmbH, Zeilweg 44, 60439 Frankfurt, Deutschland
Vertretungsberechtigt: E. Roepke, Zeilweg 44, 60439 Frankfurt, Deutschland
Druck: Books on Demand GmbH, In de Tarpen 42, 22848 Norderstedt, Deutschland

Die Grundzüge
der
lateinischen Prosodie und Metrik
in
berichtigter
und vervollständigter Fassung

kurz dargestellt

von

Oberlehrer **Dr. Richard Habenicht,**
Ordinarius der Tertia des Gymnasiums zu Plauen.

Zweite Auflage.

Plus habet operis quam ostentationis.
Quintilian.

Leipzig,
Druck und Verlag von B. G. Teubner.
1868.

Vorwort zur ersten Auflage.

Bei der Herausgabe dieser Blätter habe ich zunächst die Absicht, denen meiner Herren Collegen, die gleich mir den auf die Lectüre der lateinischen Dichter vorbereitenden Unterricht zu ertheilen haben, einen Leitfaden an die Hand zu geben, mit dessen Hilfe Lehrer und Schüler über die Elemente hoffentlich ziemlich schnell hinwegkommen sollen, der aber zugleich vor mancher ähnlichen Arbeit den Vorzug haben dürfte, daß er gewisse traditionelle Irrthümer nicht enthält und andererseits einige neue Resultate der fortgeschrittenen Wissenschaft bietet. Auch einzelnes Selbstgefundene, das andere Forscher auf diesem leider von so Wenigen cultivirten Gebiete vielleicht ebenfalls entdeckt, jedenfalls aber noch nicht für weitere Kreise nutzbar gemacht haben, wird sich in diesem Büchlein vorfinden, das nur mit der einen Prätension auftritt, daß man es nicht für ein leicht hingeworfenes Werk weniger Tage ansehen möge. Denn ich schmeichle mir, weder zu den Leuten alter Schule zu gehören, die ihre prosodischen Regeln vor Jahren sich eingeprägt und seitdem nichts gelernt und nichts vergessen haben, noch zu denen neuer Schule, die mit souveräner Verachtung auf diesen elementaren Zweig der Schulgelehrsamkeit herabblicken, sondern habe nun einmal die Grille, auch das Feld der Prosodie und Metrik als der Bebauung bedürftig und würdig anzusehen.

Was die Form betrifft, so kann ein Schulbuch eben nur Ergebnisse der wissenschaftlichen Untersuchung bringen und muß in dem Leser die vertrauensvolle Erwartung voraussetzen, daß das ihm Gebotene nicht bloß auf den Sand gebaut sein werde: die einzelnen Belege für die hier aufgestellten Behauptungen, die Motivirung so mancher Weglassung und wiederum so mancher Erweiterung, die ich mir für ein ausführlicheres Werk späterer Tage vorbehalte, würden das Buch zu unmäßigem Umfange angeschwellt und so seinem nächsten Zwecke entfremdet haben.

Daß nun möglicher Weise auch Andere, die in dem betreffenden Wissensgebiete bereits mehr als bloße Anfänger sind, die vorliegenden Bogen mit einigem Nutzen einsehen werden, kann ich zwar nicht mit Sicherheit behaupten, würde jedoch für die aufgewendete Mühe mich reich belohnt fühlen, wenn dies Heft einigermaßen fördernd oder auch nur anregend bei Männern der reinen Wissenschaft wirken sollte. Aufrichtig dankbar werde ich für jeden belehrenden Wink, jeden auch nur die Form bessernden Vorschlag, jede Ergänzung, jede Berichtigung sein, und wünsche im Interesse der Sache, daß dergleichen freundliche Beihilfen, meinetwegen auch scharfe Beurtheilungen, recht zahlreich eingehen möchten.

Zittau, im Mai 1860.

Vorwort zur zweiten Auflage.

Seit dem Erscheinen der ersten Auflage des vorliegenden Leitfadens ist auf dem betreffenden Gebiete so wenig Neues publicirt und namentlich durch die inzwischen erschienenen neuen Auflagen sogenannter Gradus ad Parnassum, deren keiner die so nothwendige, wesentliche Reform erlitt, die Prosodie in so winzig geringem Maße gefördert worden, daß unser Büchlein noch immer einem wahren Bedürfnisse entspricht; wie denn auch seine praktische Brauchbarkeit durch Einführung an mehreren Gymnasien anerkannt worden ist. In dieser neuen Auflage sind von dem Verfasser, der unausgesetzt in diesem Specialfach fortgearbeitet hat, die nöthig erschienenen, nicht unbedeutenden Veränderungen und Ergänzungen angebracht worden, und darf er sich wohl der Hoffnung hingeben, daß der Leitfaden auch in seiner jetzigen Gestalt die alten Freunde sich erhalten und vielleicht manche neue erwerben werde.

Plauen, im Februar 1868.

Der Verfasser.

A. Prosodie.

§. 1.

a. Prosodie (προςῳδία) ist die Lehre von dem Silbenmaß (Quantität, quantitas) oder von der Zeitdauer (mora) eines Vocals bei der Aussprache.

b. Der Zeitdauer nach giebt es: lange Vocale (longae, productae), kurze (breves, correptae), doppelzeitige (ancipites, indifferentes), wofür die metrischen Zeichen gelten: ⌣, –, ^, z. B. bŏnŭs, āetās, tenêbrae.

I. Allgemeine Regeln.

§. 2.

Lang sind alle Doppelvocale, vgl. aūrum, poēna, cuī, ebenso alle durch Contraction entstandenen, vgl. cōgo (cŏăgo), bōbus (bŏvĭbus), iūnior (iŭvĕnior), bīgae bĭiŭgae), fōmes (fŏvĭmes), sūmo (sŭbĕmo), hūmanus (hŏmĭnanus), nēmo (nĕ hĕmo), ēs (ĕdĭs), mālo (măgĕvŏlo), prūdens (prōvĭdens), nīl (nĕ hĭlum, nĭhīl), mī (mĭhi).

§. 3.

a. Kurz sind die Vocale, welche vor andern Vocalen stehen, auch bei dazwischentretendem h, vocalis ante vocalem corripitur, so in pĭus, flĕo, cornŭa, trăho.

b. In diesem Falle werden selbst an sich zweifellos lange Vocale kurz, so in dĕorsum, praĕacutus, dĕhisco.

c. Nach griechischem Muster wirkt aber, obgleich selten, auch vocalischer Anlaut des folgenden Wortes kürzend auf den langen Auslaut des vorhergehenden (Zeichen ⌢), so in Peliŏ Ossan, insulae̯ Ionio.

Ausnahmen. Lang bleiben:

1. das e im genet. und dat. einiger Wörter V. declin., z. B. diēi, während es in rĕi besser kurz bleibt, von fides aber weder fidĕi noch fidēi gut bezeugt ist, sondern nur die zweisilbige Form fide als versgerecht galt;

2. das a in dem alten genet. I. declin. auf āi, z. B. naturāi;

3. das a und e im vocat. der Eigennamen auf ajus und ejus, z. B. Māi, Pompēi, und in dem Namen Gāius (nicht Gajus oder Cajus), also Gāīō, Gāī;

4. das i im genet. alīus, während es stets kurz bleibt in alterīus, in den übrigen aber anceps ist, also illius, ipsius, unius;

5. das i in fio und in den Ableitungen von dieser Stammform, also in fīunt, fīas, fīet fīebamus, nicht aber in fĭeri und fĭerem;

6. alle ursprünglich langen Vocale in griechischen Wörtern, so āēr (ἀήρ), Brisēis (Βρισηίς), herōēs (ἥρωες), Aenēas (Αἰνείας), Alexandrīa (Ἀλεξάνδρεια).

§. 4.

a. Zusammengesetzte und abgeleitete Wörter richten sich in der Quantität mit nur seltenen Ausnahmen nach ihren Stammformen, so lānigĕr (lāna, gĕro), ĭnīquus (ĭn, aequus), ŏbēdio (ŏb, āudio), nĕmŏrĭvăgus (nĕmus-ŏris, văgor), dagegen causĭdĭcus trotz dīco und caussa, pronŭba trotz nūbo und pro, suspīcio trotz suspĭcere; ferner māternus v. māter, fĕrax v. fĕro, libertas v. liber, dagegen mŏlestus trotz mōles, sŏpor trotz sōpire.

b. fīdus, infīdus und fīducia neben fĭdelis und perfĭdus sind nicht sowohl Ausnahmen, als vielmehr Ableitungen von den 2 metrisch bereits verschiedenen Wurzeln fīdo und fĭdes, und ähnlich führe man sēdes, sēdulus und sēdare auf das perfectische sēdi (siehe Anm. 1. α.), sĕdile, assĭduus, insĭdiae und viele andere auf das Präsens sĕdeo zurück.

Anmerk. 1.

α. Die Verba, welche von einfach=consonantischem, kurzem Präsensstamm das Perfectum ohne Anfügung eines Tempuscharakters bilden, verlängern dann den Stammvocal, theils ohne, theils mit Umlautung desselben:

lăvo — lāvi, ĕmo — ēmi, vĭdeo — vīdi, fŏdio — fōdi (auch ŎDIO — ōdi), fŭgio — fūgi; ăgo — ēgi.

Alleinige Ausnahme ist bĭbo — bĭbi (das vielleicht früher bebĭbi gelautet hat, vgl. dann Anmerk. 3).

β. Langer Vocal im Perfectum unter sonst gleichen Bedingungen tritt auch bei den meisten der Verba mit verstärktem Präsensstamme ein:

vinco — vīci, rumpo — rūpi; frango — frēgi. (Die ursprüngliche Kürze des Präsensstammes bezeugen z. B. legirŭpa und frăgilis.)

Ausnahmen: findo — fĭdi, scindo — scĭdi, percello — percŭli.

γ. Sonstige vor der Endung si eintretende Perfectlängen neben kurzem Präsens erklären sich sämmtlich als durch die Stellung des Vocals vor 2 Consonanten bedingt (vgl. §. 5):

mănĕo — mānsi, gĕro — gēssi (gersi) und ebenso iūssi, prēssi etc., divĭdo — divīsi (dividsi, divissi), rĕgo — rēxi und ebenso cōxi, trāxi, flūxi u. s. w.;

so wie die vor der Endung vi durch Contraction:

sĭno — sīvi (sinui), ebenso lĭno — līvi ob. lēvi und ähnlich sĕro — sēvi, endlich tĕro — trīvi (tĕrīvi?).

δ. Umgekehrt zu merken ist kurzer Vocal im Perfectum neben langem im Präsens bei gĕnui — gīgno (gĭgĕno), pŏsui — pōno (pŏsĭno, vgl. pŏsivi, pŏsno).

Anmerk. 2. Unter den Supinis sind der Quantität nach überhaupt nicht auffällig dătum — dăre, sătum — sĕro, sĭtum — sĭno, lĭtum — lĭno, auch nicht rŭtum — rŭo, cĭtum — cĭeo, rătum — rĕor, unter Berücksichtigung des Obigen auch nicht mehr statūtum (statŭĭtum) — statŭo, noch divīsum (dividsum), trītum (trīvi), pŏsĭtum (pŏsui) und andere, noch weniger iūtum, vīsum, ōsum und ähnliche; dagegen zu beachten

ĭtum neben īvi und das Compositum quĭtum neben quīvi, auch cognĭtum neben nōvi und nōtum, am meisten aber stătum v.

sisto (d. i. sto mit Rebuplication) neben stătum v. sto, und das ganz anomale lātum (zu fĕro).

Anmerk. 3. Die rebuplicirenden Perfecta bewahren in der Stammsilbe theils den kurzen Vocal des Präsens, wie cecĭdi — cădo, cecĭni — căno, pepĕri — părio, wozu auch tŭli d. i. tetŭli zu rechnen; theils lassen sie den dort verdunkelten kurzen wieder hervortreten, wie didĭci — dīsco, pepĭgi — pāngo, pepŭli — pēllo, pupŭgi — pūngo, tetĭgi — tāngo, tutŭdi — tūndo; theils folgen sie dem erst verlängerten oder von Natur langen Präsensstamm, wie cucŭrri — cūrro, fefĕlli — fāllo, momŏrdi — mōrdeo, pepĕrci — pārco, spopŏndi — spōndeo, tetēndi — tēndo, totŏndi — tōndeo und das alle Unklarheit ausschließende cecīdi — caedo.

In dĕdi und stĕti, von welchem letztern stĭti (sisto) nur eine Nebenform ist, ist das e (beziehentl. i) nicht Stammvocal, sondern Vocal der Rebuplicationssilbe, und als solcher kurz.

§. 5.

Ein Vocal wird lang durch seine Stellung (Position, positio, Zeichen ⏒) vor zwei Consonanten, z. B. ēst (neben ĕs), oder vor einem Doppelconsonanten, z. B. artifēx (ars und făcio), wobei nicht anlautendes j als ein solcher angesehen wird, also ējus, aber bĭjugus und spiculă jecit, dagegen qu als einfacher Consonant (ăqua), h aber als bloßer spiritus gilt, demnach ĭnhumanus, nicht īnhumanus.

b. Eine solche Positionslänge tritt auch ein, wenn der eine der Consonanten ein Wort schließt, der andere das neue anfängt, z. B. īn mare, fruitūr vita.

c. Dagegen ist die Verlängerung eines auslautenden Vocals durch zwei das folgende Wort beginnende Consonanten (positio debilis) weniger gut, wie in magnā spes, und umgekehrt ist es auch zu vermeiden, nach auslautendem kurzen und kurz bleiben sollenden Vocal das neue Wort ungestört mit zwei Consonanten oder einem doppelten beginnen zu lassen, also nicht elegant die Messung asperā spina oder rides meā Zoile carmina.

Ausnahme. Eine *muta* vor den *liquidis r* und *l* (nur

in griechischen Wörtern auch vor m und n) bewirkt, wenn beide Consonanten innerhalb eines Wortes im In= oder Auslaute stehen, nicht nothwendig eine Positionslänge, also mißt man podăgra und zulässig ist sowohl podăgra als podāgra, ebenso repleo, d. i. rĕpleo oder rēpleo.

Steht aber die muta im Auslaute, so daß zwischen sie und die liquida das Silben= oder Wortende tritt, so kann nur die gewöhnliche Verlängerung positione eintreten, also nur ōbruo, nicht ŏbruo, nur sūblatum, nicht sŭblatum, auch nur amāt regem oder nēc ludit.

Noch weniger darf man einen auslautenden kurzen Vocal durch muta und liquida im Anlaut des folgenden Wortes ver= längern zu können meinen, also wäre es falsch, zu messen egō pri- mus, und ist dagegen ganz unanstößig, zu messen ianuă clausa.

Anmerk. Natürlich kann überhaupt von einer syllaba anceps vor muta cum liquida nur bei ursprünglich kurzem Vocale die Rede sein, dagegen das zufällige Folgen einer muta und liquida auf einen organisch langen Vocal diesen nie verkürzen, daher ist z. B. neben sūpra allerdings auch sŭpra berechtigt wegen sŭperus, neben lābrum auch lăbrum wegen lăbellum, neben sācro auch săcro wegen săcer, neben sōcrus auch sŏcrus wegen sŏcer, neben pātres auch pătres wegen păter: nicht aber neben ācris auch ăcris, da man ācer mißt, noch neben mātrem auch mătrem wegen māter, noch neben lībra auch lĭbra, wenn man lĭbella vergleicht, noch etwa neben orāclum auch orăclum, da hier orāculum entgegensteht.

§. 6.

a. Einsilbige auf einen Vocal auslautende selbststän= dige Wörter sind lang, z. B. sī, tū, nē, ē, dē, dagegen kurz die *encliticae* quĕ, vĕ, nĕ, cĕ, tĕ (tutĕ), psĕ (reapsĕ), ptĕ (suoptĕ) und die untrennbare Präposition rĕ (rĕduco, rĕfero, rĕpeto).

b. *dis* erscheint vor Vocal als dĭs oder dĭr (dĭsertus, dĭrimo), vor Consonant entweder als dĭs (discedo, dispar, dissentio, womit auch vgl. di*ff*ero) oder als dī (dīduco, dīligo, dīripio, dīvortium).

c. Das o der Präposition *pro* ist kurz in prŏcella, prŏceres, prŏcul, prŏfanus, prŏfari, prŏfecto, prŏfestus, prŏficiscor, prŏfiteor, prŏfugio, prŏfundus, prŏfundere, prŏnepos (wohl auch prŏgener, prŏnurus, prŏsocer), prŏpinquus, prŏpitius, prŏpudium, prŏtenam und prŏtervus, **doppelzeitig** in prŏcurare, prŏpago, prŏpola, prŏpinare und Prŏserpina, **lang** in allen übrigen Zusammensetzungen, wie prōcedere, prōcerus, prōcurrere, prōdere, prōdesse, prōdire, prōferre, prōficere, prōmittere, prōpellere, prōponere, prōtenus, prōterere, prōvehi, prōvidere u. s. f.

§. 7.

a. Einsilbige auf einen Consonant ausgehende Substantiva und Adjectiva sind lang, z. B. fār, lāc, ōs (oris), vēr, tūs, splēn; plūs, auch wenn kurzer Stamm zu Grunde liegt, wie in bōs bŏvis, pēs pĕdis, sūs sŭis; pār pări̇s.

Ausnahmen: cŏr, fĕl, mĕl, ŏs (ossis) und vĭr.

b. Andere einsilbige und consonantisch ausgehende Wörter sind meist kurz, z. B. ĕt, ăd, ăt, bĭs, tŏt, sĕd, ĭn, ŭt, ĕs (sum), ĭs (pron.).

Ausnahmen: Lang sind sämmtliche auf c außer nĕc, so hūc, sīc, ferner ēn, crās, und **anceps** ist das Pronomen hic. Selbstverständlich sind auch sīn und quīn lang, weil aus sī ne und quī ne entstanden, ebenso nōn aus ne ūnum und cūr aus cuī re.

II. Besondere Regeln über die Endsilben.

A. In reinlateinischen Wörtern.

§. 8.

a. Der Endvocal *a* ist lang:

1. im ablat. singul. I. declin.;
2. im imperat. activ. I. coniugat., z. B. laudā, doch hat pută a anceps;
3. in den Präpositionen, Adverbien und Zahlwörtern,

z. B. contrā, suprā; anteā, frustrā; trigintā, quinquagintā; wobei nur das Adverb ită auszunehmen.
 b. Der Endvocal *a* ist **kurz**:
  1. im nominat. und vocat. sing. I. declin.;
  2. in den 3 gleichen Casus des Plurals sämmtlicher Neutra, z. B. praemiă, sceleră, cornuă;
  3. in der Conjunction quiă und der Interjection heiă.

§. 9.

 a. Der Endvocal *e* ist überwiegend **kurz**, vgl. servĕ, marĕ, corporĕ, auch ritĕ und spontĕ; amarĕ, audivissĕ, rumpĕ, docetĕ, punitotĕ, loquerĕ, audiverĕ (erunt), doceare (aris), querererĕ (eris), patierĕ (eris), amabarĕ (baris); quinquĕ, millĕ; illĕ, ipsĕ; saepĕ, undĕ, fortassĕ; antĕ, propĕ; quoquĕ.
 b. Der Endvocal *e* ist **lang**:
  1. im ablat. singul. V. declin., z. B. faciē, und demnach auch in hodiē, quarē, rēfert und den irregulären famē und requiē, nicht minder in der alten Form des genet. und dativ., z. B. fidē (fidei);
  2. in der II. sing. imperat. activ. II. coniug., z. B. docē, doch sind doppelzeitig valĕ, vidĕ, cavĕ;
  3. in den von adiectivis II. declin. abgeleiteten adverbiis, z. B. rectē, valdē, (valide), auch ferē und fermē, unter denen nur benĕ, malĕ, impunĕ, temerĕ und necessĕ stets kurzes e, supernĕ und infernĕ e anceps haben, während peregrē, impunē und paenē gleichwie facilē als Adverbia gebrauchte Neutra von Adjectiven auf is sind.
 c. Der Endvocal e ist **doppelzeitig**:
  in der Interjection ohē.

§. 10.

 a. Der Endvocal *i* ist überwiegend **lang**, vgl. puerī, fideī, eī, corporī, vī, nuruī, dieī; audī, nolī, amavī, docuistī, rapī; vigintī; herī.

b. Der Endvocal *i* ist **doppelzeitig** in mihĭ, tibĭ, sibĭ, auch in ibĭ und ubĭ, während in ibīdem, alibī und ubīque bei classischen Dichtern nur **langes** i, in' necubĭ, sicubĭ, ubĭnam und ubĭvis nur **kurzes** i üblich ist.

c. Der Endvocal *i* ist **kurz** in nisĭ und quasĭ, von utī aber nur in den Compositis utĭnam und utĭque.

§. 11.

a. Der Endvocal *o* ist **überwiegend lang**, vgl. puerō, illō (denuō d. i. de novō, ilicō d. i. in locō), rarō, ultrō, omnīnō, virgō; laudō, docebō, legitō, rapiuntō, audiverō; ambō, octō; ideō, ergō, immō.

b. Der Endvocal *o* ist **doppelzeitig** in volŏ, petŏ, amŏ, negŏ, vetŏ, sciŏ, in den **parenthetisch** gebrauchten quaesŏ, credŏ, rogŏ, orŏ, putŏ, sperŏ, censeŏ, in leŏ, homŏ, nemŏ und curiŏ, in Scipiŏ, Polliŏ, Nasŏ, Pisŏ und Nerŏ, im Adverb. citŏ, in dem Imperativ dicitŏ und dem fut. exact. oderŏ.

c. Der Endvocal *o* ist **kurz** in egŏ, duŏ, den Partikeln modŏ, cedŏ, quomodŏ und der Interjection ehŏ, in nescio nur bei der Formel *nesciŏ quis*, in quando nur bei der Zusammensetzung *quandŏquidem*.

Anmerk. Die Dichter der guten Zeit gestatten sich überhaupt Verkürzung eines auslautenden o nur in seltnen Fällen, nur bei gewissen Wörtern, Wortarten, Wortformen und Wortverbindungen, endlich nur so, daß sie dabei statt der Messungen ⏑ –, – –, – ⏑ – substituiren ⏑ ⏑, – ⏑, – ⏑ ⏑, vgl. aus dem Obigen volŏ und volō, quaēsō u. quaēsŏ, Pōlliō u. Pōlliŏ; nicht aber ist es erlaubt, diese Freiheit in unverhältnißmäßig häufiger Anwendung auf jedes beliebige Wort mit o finale und so auszudehnen, daß man z. B. auch Wortformen mit den Quantitäten ⏑ ⏑ –, ⏑ – –, ⏑ ⏑ ⏑, – – –, ⏑ ⏑ – –, – ⏑ ⏑ – u. s. w. in solche mit ⏑ ⏑ ⏑, ⏑ – ⏑, ⏑ ⏑ ⏑ ⏑, – – ⏑, ⏑ ⏑ – ⏑, – ⏑ ⏑ ⏑ u. s. w. umwandelte, also etwa mäße rătĭŏ statt rătĭō, ămābŏ st. ămābō, -rĕpĕrĭŏ st. rĕpĕrĭō, Cārthāgŏ st. Cārthāgō, ălĭquāndŏ st. ălĭquāndō, dētĭnĕŏ st. dētĭnĕō etc.

§. 12.

a. Der Endvocal *u* ist überwiegend lang, vgl. cornū, noctū; auditū; diū.

b. Der Endvocal *u* ist kurz in den alten Formen noenŭ (= non) und indŭ (= in).

§. 13.

Die Endsilbe *as* hat langes a, vgl. mensās, tempestās; laudās, rapiās, audiebās, docuerās; forās.

Alleinige Ausnahme ist anăs (ătis).

§. 14.

a. Die Endsilbe *es* hat überwiegend langes e, vgl. vulpēs (is), mercēs (ĕdis), quiēs (ētis), locuplēs (ētis), quadrupēs (ĕdis), ariēs (ĕtis), Cerēs (ĕris), sermonēs, glaciēs; docēs, rapiēs, amēs, audirēs, laudavissēs; quinquiēs.

b. Die Endsilbe *es* hat kurzes e:

1. im nomin. und vocat. sing. derer auf *es — ĭtis* oder *ĭdis* und der zweisilbigen auf *ĕs — ĕtis*, vgl. milĕs ĭtis, satellĕs ĭtis, divĕs ĭtis, superstĕs ĭtis; praesĕs ĭdis; segĕs ĕtis, praepĕs ĕtis.

Ausnahme. Auch die dreisilbigen interprĕs ĕtis, indigĕs ĕtis gehören hieher.

2. in der Präposition penĕs.

§. 15.

a. Die Endsilbe *is* hat kurzes i in den betreffenden Declinationsendungen des Singular, vgl. ignĭs, cinerĭs, in der großen Mehrzahl der Conjugationsendungen, vgl. rapĭs, amabĭs, docetĭs, rapiatĭs, audiebatĭs, amaretĭs, docuistĭs, rapueritĭs, audiveratĭs, amavissetĭs, docebitĭs, raperĭs, audierĭs, amabarĭs, docererĭs, capierĭs, in den Adverbien nimĭs und satĭs.

b. Die Endsilbe *is* hat doppelzeitiges i:

1. in der 2. sing. conj. perf. und fut. exact., z. B. dederis, feceris;

2. in sanguis (ĭnis) und pulvis (ĕris).

c. Die Endsilbe *is* hat langes i:

1. in den Declinationsendungen des Plural, vgl. mensīs, puerīs, nobīs, Penatīs (st. ēs), wohin auch die Adverbia imprimīs (in primīs) und gratīs (gratiīs) gehören;

2. in der 2. sing. ind. praes. act. IV. conj., z. B. audīs, auch in velīs, sīs und ihren Ableitungen, als nolīs, possīs u. s. f.

§. 16.

Die Endsilbe *os* hat langes o, vgl. puerōs, custōs, honōs (ōris), arbōs (ŏris).

Ausnahmen sind nur compŏs ŏtis und impŏs ŏtis.

§. 17.

a. Die Endsilbe *us* hat überwiegend kurzes u, vgl. filiŭs, corpŭs, vetŭs, meliŭs, quercŭs, deabŭs, duobŭs, hominibŭs, quibŭs, portubŭs, diebŭs, eiŭs, uniŭs; amamŭs, doceamŭs, legebamŭs, audiremŭs, amavimŭs, docuerimŭs, legeramŭs, audivissemŭs, amabimŭs, rapiemŭs; tenŭs; rursŭs.

b. Die Endsilbe *us* hat langes u:

1. im genet. sing. und dem ganzen Plural IV. declin., vgl. tonitrūs, Idūs;

2. im nomin. sing. III. declin. der Worte auf us mit langem u im Stamme, also senectūs ūtis, palūs ūdis, tellūs ūris; aber pecŭs ŭdis.

§. 18.

Alle sonstigen consonantischen Endungen haben kurzen Vocal, vgl. pulchĕr, satŭr, patĕr, clamŏr, consŭl, agmĕn, vectigăl, calcăr, capŭt, ebŭr; quattuŏr, semĕl; illŭd; amăt, docĕt, legĭt, audĭt, amĕt, doceăt, legebăt, audirĕt, amavĭt, docuerĭt, legerăt, audivissĕt, amabĭt, legĕt́, doceŏr, auditŭr, amamŭr, docentŭr, legiminŏr, audiuntŏr u. ſ. ſ.; apŭd, praetĕr; brevitĕr, procŭl; igitŭr, tamĕn.

Ausnahme macht 1) liēn — liēnis, 2) die 3. sing. indic. perfect. auf *iit* von ire und seinen compositis, also iīt, subiīt, transiīt, sowie petiīt von petere, neben ivĭt, subivĭt, petivĭt.

B. In griechischen Wörtern.

§. 19.

Bei Anwendung griechischer Flexionsendungen hat man genau der Quantität derselben in ihrer Sprache zu folgen, also zu messen Aeneā (Αἰνεία), Electrā (Ἡλέκτρα), Thyestă (Θυέστα), aenigmă (αἴνιγμα), adamantă (ἀδάμαντα), Circē (Κίρκη), Pelidē (Πηλείδη), pelagē (πελάγη), Alexĭ (Ἄλεξι), sinapĭ (σίναπι), Orpheï (Ὀρφεῖ), echō (ἠχώ), Panthū (Πάνϑου), molў (μῶλυ); ferner hebdomăs (ἑβδομάς), elephās (ἐλέφας), tigridăs (τίγριδας), pyritēs (πυρίτης), thoracĕs (θώρακες), Simoīs (Σιμόεις), Maeandrŏs (Μαίανδρος), Phasidŏs (Φάσιδος), Oedipūs (Οἰδίπους), Tethȳs (Τηϑύς), chelȳs (χέλῠς); endlich Pythagorān (Πυϑαγόραν), Iphigeniăn (Ἰφιγένειαν), grammaticēn (γραμματικήν), Eupolĭn (Εὔπολιν), Eleusīn (Ἐλευσίν), Helicōn (Ἑλικών), hymenaeŏn (ὑμέναιον), Erinȳn (Ἐρινύν), Tiphȳn Τῖφυν); aethēr (αἰϑήρ), martȳr (μάρτυρ).

Ausnahme. Ganz latinisirt wurden die griechischen nomina auf ωρ, die im Lateinischen sämmtlich auf *ŏr* auslauten, z. B. rhetŏr (ῥήτωρ), Hectŏr (Ἕκτωρ), und ebenso das Wort *polypŭs* (πολύπους).

III. Sonstige Möglichkeiten der Quantitätsbestimmung.

§. 20.

Für die Quantität der Anfangs- und Mittelsilben lateinischer Wörter und Wortformen gelten, außer den obigen (§. 2—5) allgemeinen Regeln, als bestimmend:

1. vor Allem der Gebrauch (usus, auctoritas) der Dich-

ter, und zwar vorwiegend derer aus der classischen Zeit der römischen Poesie (syllaba producitur vel corripitur ex auctoritate sive ex usu): so sind z. B. nur ex auctoritate bestimmbar die ersten Silben in fīlia und tĭlia, fūmus und hŭmus, vērus und fĕrus, ălius, nĕpos, scrūpulus, die zweiten in adūlor, refūto u. s. w.;

2. die Analogie ähnlich gebildeter Wörter: so folgt z. B. aus der Quantität von postīcus die von antīcus, aus der von merīdies die von prīdie, postrīdie und quotīdie, aus der von Virdumārus die von Induciomărus, aus der von iustĭtia die von puerĭtia u. s. w.;

3. als rein äußerliches Hilfsmittel die allgemein recipirte Aussprache drei- und mehrsilbiger composita und derivata, insofern sie auf die Quantität des ersten Vocals der zweisilbigen Wurzel leitet: so zeugt z. B. éfficit für făcit, rédimo für ĕmo, intéllego für lĕgo, dagegen praeclárus für clārus, proscrībo für scrībo, secúrus für cūra;

4. für die so zahlreichen mittelbar oder unmittelbar der griechischen Sprache entnommenen Wörter die griechische Prosodie: so ergiebt sich z. B. ădămas aus dem ă privativum und δαμάω, āthlēta aus ἀθλητής vgl. mit ἆθλον (ἄεθλον), hexămēter aus ἑξάμετρος und der Erkenntniß des ă als bloßen Bindevocals, Īlīthyīa aus Εἰλείθυια, Hēraclēa aus Ἡράκλεια, eūhoē (nicht ēvŏĕ oder ēvŏhĕ) aus εὐοῖ, Pharsālus aus der ionischen Form Φάρσηλος, die zwei verschiedenen Namen Lăgus und Lāgus aus Λᾱγός (λαγός Nebenform für λαγώς) und Λᾶγος (aus λᾶος und ἄγω, wie λᾱγέτης), Pўrōīs (nicht Pўrŏēīs) aus πυρόεις und πῦρ πυρός, Āttis und Ătys aus Ἄττις und Ἄτυς, Bĕrŏnīca (nicht Verónica) aus Βερονίκη d. i. Φερονίκη, von φέρω und νίκη gebildet.

Anmerk. Wirkliche Abweichungen sind z. B. orĭchalcus neben ὀρείχαλκος, platĕa neben πλατεῖα und das schon anderweitig erwähnte pōlypus (πολύπους).

B. Metrik (μετρική, Verslehre).

I. Allgemeine Bemerkungen.

§. 21.

Die einzelnen Glieder, aus denen eine metrische Zeile (Vers, versus) besteht, werden gewöhnlich Füße (pedes) genannt und führen als solche besondere Namen. Sie ordnen sich aber nach ihrem quantitativen Werthe etwa so:

1. Classe.

a. ⏑ brachys (βραχύς): ĕt, sĕd;

2. Classe.

b. – macer (μακρός): hēū, tē
c. ⏑⏑ dibrachys (δίβραχυς)
    od. Pyrrhichius (Πυρρίχιος) : ăgĕr, bŏnĕ;

3. Classe.

d. ⏑– iambus (ἴαμβος): ădēst, mĕō
e. –⏑ trochaeus (τροχαῖος)
    od. chorius (χόριος) : ārmă, flēbĭt
f. ⏑⏑⏑ tribrachys (τρίβραχυς): hŏmĭnĭs, rĕcĭpĕ;

4. Classe.

g. – – spondēus (σπονδεῖος): āūdāx, vīcī
h. –⏑⏑ dactylus (δάκτυλος): ōmnĭă, fēcĭmŭs
i. ⏑⏑– anapaestus (ἀνάπαιστος): ăbĕō, lĕgĕrēs
k. ⏑–⏑ amphibrachys (ἀμφίβραχυς): ămābăt, dĭēbŭs
l. ⏑⏑⏑⏑ tetrabrachys (τετράβραχυς) ĭnĭtĭă, cĕ-
    od. proceleusmaticus (προκελευσματικός) lĕrĭtĕr;

5. Classe.

m. ⏑ – – Bacchīus (Βακχεῖος): ămīcōs, sŭpēllēx
n. – – ⏑ palimbacchīus (παλιμβάκχειος)
   od. antibacchīus (ἀντιβάκχειος) : āudīrĕ, rēxīssĕ.
o. – ⏑ – amphimacer (ἀμφίμακρος)
   od. Creticus (Κρητικός) : ēxplĕō, sērvĭtūs
p. – ⏑ ⏑ ⏑   I.   ēxĭgŭŭs, rēspĭcĭăt
q. ⏑ – ⏑ ⏑   paeon II.   (παιών): ŏbēdĭĕt, dŏmēstĭcŭs
r. ⏑ ⏑ – ⏑   III.   ĭnĭmīcŭs, pĕpŭlērĕ
s. ⏑ ⏑ ⏑ –   IV.   ĭnītĭō, mĭsĕrĭcōrs
t. ⏑ ⏑ ⏑ ⏑ ⏑ pentabrachys (πεντάβραχυς) . ăbĭĕtĭbŭs, bĕ-
   od. Orthonius (Ὀρϑώνιος)   nēfĭcĭă.

Von den die

6. Classe

bildenden, drei Längen ausfüllenden Versfüßen seien nur auf=
geführt:

u. – – – Molossus (Μολοσσός): hāusĭstī, dīvīnāē
v. – – ⏑ ⏑ { Ionicus maior (Ἰωνικός): ūlcīscĭtŭr, sōlāmĭnĕ
w. ⏑ ⏑ – –   minor   ŏnĕrābūnt, gĕnĕrōsī
x. – ⏑ ⏑ – choriambus (χορίαμβος): ērĭpĭŭnt, sīmplĭcĭtās
y. ⏑ – – ⏑ antispastus (ἀντίσπαστος): ĭnēxhāustŭs, pĕrīl-
                                                lūstrĭs
z. ⏑ ⏑ – ⏑ ⏑ pyrrhichio-dactylus: ĭnămābĭlĭs, tĕmĕrārĭŭs.

Aus der

7. Classe

mögen erwähnt werden:

aa. ⏑ – – – epitrĭtus (ἐπίτριτος) I: ĭnēxhāustāē, rĕtōrquērī
bb. ⏑ – ⏑ ⏑ – iambanapaestus: Ăpōllĭnĕō, măthēmătĭcī.

§. 22.

Ihren Namen erhalten die Verse theils von den in ihnen
vorwiegenden Versfüßen, daher man iambische, trochäische,

spondeische, daktylische, anapästische, kretische, choriambische Verse unterscheidet, theils von der Anzahl ihrer Füße oder Doppelfüße (beides kann mit μέτρον bezeichnet werden), daher die Bezeichnungen monometer, dimeter, trimeter, tetrameter, pentameter, hexameter, heptameter.

§. 23.

a. Man unterscheidet im Verse, beziehentlich in den einzelnen Füßen desselben, die Hebung oder den Haupton (ἄρσις, ictus, Zeichen ´) und die Senkung oder den Nebenton (θέσις, Zeichen `), vergleiche:

ōllī | rēspŏnd|ĭt rēx | Ālbā|ī Lōng|āī.

b. Der Haupton darf zumeist nur auf eine lange Silbe oder auf 2 zu einer solchen verschmelzende Kürzen zu liegen kommen, z. B. vídimus, árma; tĕnŭia, dĕĕrat; nur in einzelnen Fällen läßt man ihn auf ursprüngliche Kürzen fallen, die dann eben dadurch verlängert werden (syllabae arsi sive ictu productae), z. B.

rĕligio, Priamides;

zu enthalten hat man sich dieser Licenz am Wortende, demnach ist nicht nachzuahmen:

pectoribús inhians

noch mit vocalischem Auslaut:

fauniqué satyrique.

Anmerk. Hingegen ist eine solche Verlängerung zur Regel geworden in den perfectischen Formen der Verba rĕcĭdo, rĕfĕro, rĕpello, rĕpĕrio und rĕtundo, so daß also z. B. das Perfectum reperit nur als *dactylus*, dieselbe Form als Präsens nur als *tribrachys* verwendbar ist, vgl.

verum ubi nulla fugam rĕpĕrīt fallacia —
sunt alii quos ipse via sibi rĕpĕrīt usus.

§. 24.

a. Elision oder Synalöphe (elisio, συναλοιφή) nennt man die Verschlingung der mit einem Vocal oder mit dem Buchstaben *m* auslautenden Endsilbe eines Worts durch die vocalisch (oder mit h) anlautende Anfangssilbe des folgenden, wobei der erstere Vocal ausgestoßen wird (Zeichen ⌢), z. B.

    cōntĭcŭēre ōmnēs, mē mĭsĕrum͡ ēxclāmăt,
    pērque hĭĕmēs a͡estūsquĕ, ūmbrārum ha͡ec sēdēs.

b. Sie muß im Verse eintreten, damit kein *hiatus* entstehe, der nur vor und nach Interjectionen, die sämmtlich nie elidirt werden, und in vereinzelten Fällen bei griechischen *nominibus propriis* gestattet ist (Zeichen ⊥), vgl.

    ō⊥ēt de Latiā⊥ō⊥ēt de gente Sabina,
  cum Phocaicō⊥Érymantho.

Anmerk. 1. Einsilbige Wörter werden nur selten, am wenigsten schön zu Anfang des Verses elidirt, z. B.

    acies tum E͡trusca resedit,
    si a͡d vitulam spectas.

Anmerk. 2. Noch unschöner ist die Elision eines langen Vocals vor einem kurzen, wie:

    intimo͡ ămore.

Anmerk. 3. Die formell strengsten Dichter meiden völlig die Elision eines *iambus*, so würde z. B. der elegante Ovid nie geschrieben haben:

    disce *meo* exemplo.

Anmerk. 4. Bei folgendem *est* wird nicht der Endvocal oder die mit m auslautende Silbe des vorangehenden Worts ausgestoßen, sondern das *e* von *est* apokopirt, worauf die Buchstaben st an jenes anzufügen sind; demnach ist z. B. im Verse nicht zu schreiben:

    nostra est, nostri est, nostro est, nostrum est

und nicht in diesen sämmtlichen Fällen gleichmäßig zu lesen:

    nostrest,

sondern zu schreiben und zu lesen:

    nostrast, nostrist, nostrost, nostrumst.

§. 25.

a. Eine Art Elision innerhalb des Wortes ist die Sy=
nizese (συνίζησις), denn man versteht darunter die Verschlingung
eines kurzen Vocals im Worte durch den folgenden meist
langen (Zeichen ⁀, ⁀). Sie ist nur als letztes Hilfs=
mittel solchen Wörtern gegenüber anzusehen, die dem betreffenden
Versmaß nicht zu bewältigenden Widerstand entgegensetzen, am
meisten noch entschuldigt in Eigennamen und falls diese an
das Ende des Verses verwiesen werden. Beispiele:

cōnnūbi͡ō iungam stabili,
Caucasiasque refert volucres furtumque Prŏmēthe͡ī.

b. Zur Regel ist sie geworden in de͡in, de͡inde und pro͡in,
pro͡inde, in de͡est, de͡esse und deren Ableitungen, in ante͡hāc
und in dem ganzen Verbo ante͡īre.

c. Für solche Verschlingung eines kurzen Vocals durch den
folgenden kurzen lassen sich, außer den betreffenden Formen
von anteire (ante͡it, ante͡eat), als gerechtfertigt anführen: sē=
mi͡ădăpĕrtŭs, sēmi͡ănĭmĭs und die casus obliqui von sēmĭho͡mō
(sēmĭho͡mĭnĭs), während z. B. Ōrphe͡ă und Tȳpho͡ĕă, die sich
auch anders dem Metrum anpassen ließen, nicht nachzuahmen sind.

d. Die kühnste Ausdehnung dieser poetischen Licenz bleibt
die Verschlingung einer langen Silbe durch die folgende lange,
wie wenn Vergil sich gestattet zu messen:

tristis Aristaeus Pēne͡ī genitoris ad undam,
und Horaz:
Pōmpe͡ī meorum prime sodalium,

was sich höchstens als (immer regelwidrige [vgl. §. 3 Ausn.
3 u. 6]) Verkürzung eines vocalis ante vocalem und darauf
erfolgte Synizese des nunmehr kurzen e mit dem folgenden
i erklären, doch schwer entschuldigen läßt.

II. Die einzelnen Versarten.

§. 26.

Der gebräuchlichste, mannigfaltigste und ausgebildetste Vers ist der **daktylische Hexameter** (ἑξάμετρος δακτυλικός), auch versus heroicus genannt, der theils allein, theils mit dem daktylischen **Pentameter** (πεντάμετρος) zum Distichon (δίστιχον) verbunden vorkommt (carmen elegiacum).

§. 27.

a. Der Hexameter besteht aus 5 vollständigen *dactylis* und 1 zu einem *trochaeus* gekürzten, wobei an Stelle der vier ersten dactyli beliebig auch der an Werth gleiche *spondeus* treten kann, aber nur ganz ausnahmsweise auch an Stelle des fünften, und ferner auch der *trochaeus* am Versschlusse, da die letzte Silbe jedes Verses Kürze oder Länge zuläßt, ebenso gut mit dem *spondeus* vertauscht wird. Somit ergiebt sich folgendes Metrum:

$$-\smile\smile\,|\,-\smile\smile\,|\,-\smile\smile\,|\,-\smile\smile\,|\,-\smile\smile\,|\,-\smile$$

b. Die ersten 4 Füße allein bieten nun der Messung nach eine **sechzehnfache Abwechselungsmöglichkeit**, denn es sind darin verwendbar:

1) 4 dactyli:

α. quádrŭpĕdántĕ pŭtrém sŏnĭtú quătĭt ungula campum;

2) 1 spondeus und 3 dactyli:

β. īmpēnsáquĕ sŭí pŏtĕrĭt sŭpĕrare cruoris,

γ. témpŏră lābūntŭr tăcĭtīsquĕ sĕnescimus annis,

δ. nītĭmŭr īn vĕtĭtúm sēmpér cŭpĭmusque negata,

ε. áspĭcĭúnt ŏcŭlīs sŭpĕri mōrtalia iustis;

3) 2 spondei und 2 dactyli:

ζ. dúm vīrés ānnīquĕ sĭnúnt tŏlĕrate labores,

η. quárūm quaē mŏdĭást nōn ést hăbĭtabilis aestu,

ϑ. cúrvāríquĕ mănús ĕt ădúncōs crescere in ungues,
ι. át pătĕr út tērrás mūndúmquĕ rŭbescere vidit,
κ. númĭnă néc spērní sĭnĕ poēnā nostra sinamus,
λ. cóntĭgĕránt răpĭdás līmósī Phasidos undas;

4) 3 spondei und 1 dactylus:

μ. nātūram éxpēllés fūrcā́ tămĕn usque recurret,
ν. út dēsínt vīrés tămĕn ést laūdanda voluntas,
ξ. aūt prōdéssĕ vŏlúnt aūt dēlēctare poetae, .
ο. pártŭrĭúnt mōntés nāscétūr ridiculus mus;

5) 4 spondei:

π. éx aēquó cāptís ārdébānt mentibus ambo.

c. Wenn ausnahmsweise auch im fünften Fuße ein *spondeus* steht, so heißt der Vers ein *spondiacus* und es pflegt dadurch der *dactylus* wenigstens im vierten Fuße bedingt zu sein, vgl.

quae quoniam in bustis aút cúlmĭnĭbús dēsertis.

§. 28.

Ein Haupterforderniß eines guten Herameters ist, daß die einzelnen Wörter durch die Versfüße möglichst oft zerschnitten werden (Wortcäsur): also ist ein Vers, in welchem umgekehrt die Wortenden und die Versfüße stets zusammenfallen, ein sehr schlechter, so z. B. der des Lucil:

has res | ad te | scriptas | Luci | misimus | Aeli,

dagegen ein sehr guter z. B. der des Ovid:

utile op|us manu|um vari|o serm|one lev|emus.

§. 29.

a. Als ein zweites eben so wichtiges Erforderniß gilt, daß in jedem Herameter ein oder zwei Hauptruhepunkte (Verscäsuren, τομαί, Zeichen ||) dadurch gewonnen werden, daß das Ende eines Wortes mit der dritten Arsis des Verses, oder mit der zweiten und dann fast immer zugleich mit der vierten zusammentrifft. So hat den **einfachen Haupteinschnitt** (τὸ πενθημιμερές, d. i. die Cäsur nach dem 5. Halbfuße) in reinster Gestalt folgender Hexameter:

déxtera praécipué ‖ capit indulgentia mentes,

den **doppelten** (τὸ τριθημιμερές und τὸ ἐφθημιμερές, d. i. die Cäsuren nach dem 3. und 7. Halbfuße) dieser:

múlta geméns ‖ ignóminiám ‖ plagasque superbi,

nur den **ersten Bestandtheil des doppelten** folgender:

mágnanimí ‖ Iovis ingratum ascendere cubile,

nur den **anderen** dieser:

hirsutúmque supércilium ‖ promissaque barba.

b. **Nebeneinschnitte** (Nebencäsuren, Zeichen ⊤), die übrigens fast stets mit einem oder zwei der erwähnten Haupteinschnitte verbunden angewendet werden, braucht man ebenfalls nur drei anzunehmen. Der bei weitem **wichtigste** von ihnen entsteht durch das Zusammentreffen des Wortendes mit der ersten Kürze des dritten Fußes (τὸ μεσεξημιμερές, d. i. die Cäsur in der Mitte des 6. Halbfußes), in reiner Gestalt zu ersehen aus folgendem Verse:

fálleret indeprénsŭs ⊤ ĕt irremeabilis error,

und verbindet sich sehr gern mit dem doppelten Haupteinschnitt, wie in:

óderúnt ‖ peccárĕ ⊤ bŏní ‖ virtutis amore,

oder doch mit einem der Bestandtheile desselben, vgl.

quá cursúm ‖ ventúsquĕ ⊤ gŭbérnatorque vocabat,

iúra magistratúsquĕ ⊤ lĕgúnt ‖ sanctumque senatum.

Die beiden anderen, allein höchst selten vorkommenden Nebeneinschnitte stimmen mit dem Ende des 2. und 4. Fußes zusammen (τὸ τεθρημιμερές und τὸ ὀκταημιμερές, d. i. die

Cäsur nach dem 4. und 8. Halbfuße); folgender Vers zeigt sie beide:

véstrum práetor is⊤intestábilis⊤ét sacer esto.

Anmerk. 1. An der Hauptcäsurstelle wird eher als anderswo eine syllaba arsi producta (§. 23 b) oder ein hiatus (§. 24 b) geduldet, z. B.

désine plúra pueř ǁ et quod nunc instat agamus,
út vidi út perii⊥ ǁ ut me malus abstulit error.

Anmerk. 2. Ebendaselbst stehen nicht eben häufig einsilbige Wörter und concurriren Elisionen verhältnißmäßig nur selten, wie etwa in:

ét cum frígida mŏrs ǁ anima seduxerit artús,
scúta virúm galeásquǁe et fortia corpora volvit,
árrectáequǁe horróre comae ét ǁ vox faucibus haesit.

§. 30.

a. Der Hexameter endigt am gewöhnlichsten mit einem zwei- oder dreisilbigen Worte, selten mit einem einsilbigen, am seltensten mit einem vier- und mehrsilbigen. So sind ganz unanstößig Ausgänge wie:

gens inimica mihi Tyrrhenum navigat aequŏr,
forsitan et Priami fuerint quae fata rĕquīrās,

durch die beabsichtigte Abweichung in die Augen fallend solche wie:

vertitur interea caelum et ruit oceano nōx,

durch das gewählte Fremdwort entschuldigt solche wie:

aeriae quercus aut coniferae cўpărīssī,

durch das daktylische Metrum bedingt solche wie:

Damonis musam dicemus et Alphĕsĭboeī.

b. Innerhalb der zwei Endfüße des Hexameters hat man sich der Elision langer Vocale völlig, der einer auf *m* auslautenden Silbe meist zu enthalten, und selbst mit der eines kurzen Vocals sparsam umzugehen; so ist zur Nachahmung nicht zu empfehlen der Vers:

paúlatim vello ét demo únum démo ět ítem únŭm.

§. 31.

Hexameter mit überzähligem Maße, Hypermeter (στίχοι ὑπέρμετροι) genannt, finden sich zwar, doch darf dann 1) die überschießende Silbe nur mit einem **Vocal**, und zwar einem **kurzen**, oder mit *m* **auslauten**, und 2) muß die **Anfangssilbe des folgenden Verses vocalisch** (oder mit *h*) **anlauten**, so daß es möglich bleibt, im laufenden Zusammenhange des Ganzen jene überzählige Silbe als elidirt anzusehen; so erklärt es sich, wenn ein Hexameter statt mit einem spondeus mit einem palimbacchius endet, wie:

    aerea cui gradibus surgebant limina nēxāēque
  *ae*re trabes,
    aut dulcis musti Volcano decoquit ūmōrem
  et foliis,

und statt des **trochaeus** mit dem **dactylus**, wie:

    — — — — color aureus, āurĕa
  ex umeris etc.,
    — — — — quae gratia cūrrŭum
  *a*rmorumque fuit;

oder statt eines **Bacchius** mit einem **antispastus**, wie:

    omne adeo genus in terris hominumque fĕrārūmque
  et genus aequoreum,
    iamque iter emensi turris ac tecta Lătīnōrum
  *a*rdua cernebant iuvenes,

und statt des **amphibrachys** mit dem **paeon II.**, wie:

    praeferimus manibus vittas ac verba prĕcāntĭa
  et petiere etc.

Anmerk. 1. Solche versus hypermetri kommen übrigens unter gleichen Bedingungen auch in anderen Versarten vor, z. B. in hendecasyllabis (§. 36):

    quaenam te mala mens miselle Rāvĭde
    *a*git praecipitem;

in sapphischen Versen (§. 41):

Romulae genti date remque prōlēmque
et decus omne,
mugiunt vaccae tibi tollit hīnnītum
*a*pta quadrigis equa,
nullum amans vere sed identidem ōmnĭum
*i*lia,
dissidens plebi numero bĕātōrum
*e*ximit virtus;

in alfäifcher Zeile (§. 42):
    sors exitura et nos in aētērnum
    *e*xilium etc.;

in choriambifchen Metris (§ 43):
    unguentate glabris mărīte
    *a*bstinere,
    munere assidue vălēntem
    *e*xercete iuventam,
    sancta nomine Rōmŭlīque
    *a*ntique,
    saltuumque rĕcōndĭtōrum
    *a*mniumque sonantum.

Anmerk. 2. Ganz zu vermeiden find derartige Finalelifionen, wenn der hypermetrifche Vocal lang ift, da fich dergleichen nur der in der Form fehr kühne Catull erlaubt, vgl.

    qui illius culpa cecidit velut prāti
    *u*ltimi flos,
    sola cognita sed mărīto
    *i*sta non etc.

§. 32.

Der daktylifche Pentameter, den nur die Gefchmacklofig= keit ohne damit verbundenen Hexameter hinftellt, hat folgen= des Metrum:

$$-\,\cup\cup\,|\,-\,\cup\cup\,|\,-\,\|\,-\,\cup\,|\,-\,\cup\,|\,\underset{\smile}{-}$$

Daraus ift zu erfehen, daß

1. man fich ihn aus 5 Füßen, nämlich 4 Daktylen und 1 Spondeus, deffen zwei Längen aber örtlich getrennt find, entftanden denkt;

2. bei ihm nur an Stelle der zwei ersten dactyli auch spondei treten können;

3. die caesura penthemimeris (§. 29 a) nicht nur die allein mögliche, sondern auch die unbedingt nothwendige ist;

4. er sechs Hebungen gleich dem Hexameter, aber nur vier Senkungen hat;

5. die letzte Silbe des ganzen Verses als solche (§. 27 a) auch die Kürze statt der ursprünglichen Länge zuläßt.

Anmerk. Bei den besten Dichtern ist die letzterwähnte syllaba anceps noch dadurch beschränkt, daß an jener Versstelle eine consonantisch auslautende Kürze vorgezogen wird, vgl. nachstehende Verse Ovids und Martials:

vix Priamus tanti totaque Troia fuit,
carpere vel noli nostra vel ede tuā.

§. 33.

Abwechselungsmöglichkeiten bietet die zweite Hälfte des Pentameters (abgesehen von der Schlußsilbe) dem Metrum nach keine, die erste nur vier, da darin verwendbar sind:

1) 2 dactyli:

α. crḗdĭdĭmús gĕnĕri ‖ nominibusque tuis;

2) 1 spondeus und 1 dactylus:

β. trāiēctā́m glădĭo ‖ morte perire iuvat,
γ. cū́m mălă pér lōngas ‖ convaluere moras;

3) 2 spondei:

δ. sū́prēmā́m bēllis ‖ imposuisse manum.

§. 34.

a. Einsilbige Wörter an der Cäsurstelle des Pentameters werden von guten Dichtern möglichst, Elisionen und *syllabae arsi productae* ebendaselbst völlig vermieden.

b. Den Ausgang des ganzen Verses bildet am besten ein zweisilbiges, im Nothfall ein viersilbiges Wort, zu vermeiden aber sind dabei ein-, drei-, fünf- und mehrsilbige Wörter.

c. Die zweite Vershälfte muß jedenfalls frei von Elisionen langer Vocale oder mit *m* auslautender Silben sein, am besten aber gar keine Elision, auch nicht die kurzer Vocale, aufweisen.

Beispiele der sämmtlichen hier erwähnten Ineleganzen bieten folgende schlechte Pentameter:

  spes fovet et fore crās ‖ semper ait mĕlĭŭs,
  ei misero eripuist‖i omnia nostra bona,
 — haec a tē ‖ dictaque factaque sūnt,
  et meus et talīs ‖ et Lăcĕdaemŏnĭŭs,
  affectus damnis ‖ īnnŭmĕrābĭlĭbŭs,
  falsum convicĭt ‖ ilico hărūspĭcĭŭm,
  magnaque pars Tatio ‖ rerum erat inter oves.

§. 35.

Aus den vorhergehenden §§. ergiebt sich als das für den Anfänger Vortheilhafteste, bei Zusammenstellung eines Hexameters zunächst die für die zwei letzten Füße nöthigen Wortformen zu gewinnen, sodann aber an die Herstellung eines zulässigen Haupteinschnittes zu denken; bei Fertigung des Pentameters suche man zunächst nach dem zweisilbigen Schlußwort, danach aber gilt es namentlich, die nöthigen Kürzen zur Ausfüllung der zweiten Vershälfte zu beschaffen. Weitere Förderung im Versbau gewähren dann etwa die trefflich geordneten „Uebungen" in „J. T. Friedemanns praktischer Anleitung zur Verfertigung lateinischer Verse" und in „Dr. F. Fiedler's Verskunst der lateinischen Sprache".

§. 36.

a. Der **phaläkische** Vers (nach dem Dichter Φάλαικος benannt), der auch *hendecasyllabus* (ἑνδεκασύλλαβος) heißt, weil er stets 11 Silben zählen muß, hat in seiner elegantesten Form folgendes feste Metrum:

$$\underline{\perp} - | \underline{\perp} \smile \smile | \underline{\perp} \smile | \underline{\perp} \smile | \underline{\perp} \smile$$

tam bellum mihi passerem abstulistĭs,
soles occidere et redire possūnt,

besteht also aus 1 spondeus, 1 dactylus und 3 trochaeis, deren letzter wegen der Doppelzeitigkeit jeder versschließenden Silbe mit dem spondeus vertauscht werden kann.

Anmerk. 1. Weniger genaue Dichter lassen ihn auch mit einem *trochaeus* oder *iambus* beginnen: vgl.

neū tĭbi libeat foras abire,
mĭnīster vetuli puer Falernī,

ja sie lösen selbst den beliebten *trochaeus* in einen *tribrachys* auf, wie

Cămĕrĭum mihi pessimae puellae.

Anmerk. 2. Noch kühner und höchst selten ist die Substitution eines *spondeus* für den *dactylus* des 2. Fußes, wie

quás voltú vīdi tamen serenas.

b. Als Ersatz für jene stricte Gleichförmigkeit des Versmaßes hat der Hendekasyllabos unter **keinem** bestimmten Cäsur- oder Elisionszwange zu leiden, vgl. namentlich in ersterer Beziehung:

frústra blánditiaé ‖ venítis ad me,
défessús ‖ tamen ómnibús ‖ medullis,
ámicós ‖ medicósque cónvocate,
électissima péssimí ‖ poetae,
quót sunt quótque fuére Márce Tulli.

c. Ueber hier vorkommende hypermetri vgl. §. 31 Anm. 1.

§. 37.

a. Der *trimeter iambicus* (τρίμετρος ἰαμβικός), aus drei Doppeliamben (διποδίαι ἰαμβικαί) bestehend, von den Römern *senarius* nach der Zahl der Versfüße genannt, hat bei den strengeren Dichtern. folgendes Metrum:

$$\cup \perp | \cup \perp | \cup \| \perp | \cup \perp | \_ \perp | \cup \overset{\cup}{\perp},$$

duldet also eine syllaba *anceps* außer in der Schlußsilbe des ganzen Verses auch am Anfange desselben und statt der Kürze des 3. *iambus*, nach welcher gewöhnlich der Haupt= einschnitt fällt; eine stehende Abweichung aber vom iam= bischen Metrum bietet er dadurch, daß er statt des 5. *iambus* stets den *spondēus* substituirt; vgl.

mĕtús pavórquĕ ‖ fúnus ét frēndéns dolŏr,
prōnást timórī ‖ sémper ín pēiús fidēs.

Anmerk. Minder gewöhnlich sind Trimeter mit einem Haupt= einschnitt am Ende des 2. *iambus* und einem Nebeneinschnitt nach der Kürze des 4., z. B.

perīculis ‖ offérre ⊤ tám crebris potest.

b. Sämmtliche in obigem Schema als lang oder doppel= zeitig angegebene Silben mit alleiniger Ausnahme der Schlußsilbe kann der Dichter durch einen *dibrachys* ersetzen, so daß also der 2. und 4. Fuß auch einen tribrachys, der 5. auch einen anapaestus oder dactylus, der 1. und 3. auch einen tribrachys, anapaestus oder dactylus bilden können; vgl.

quae poénă mănĕat mémet ét sedés scio,

hic laéva frénis dóctă mŏdĕrandĭs manus;

Pyrrhí manú mactétur ét tŭmŭlúm riget,

tu tú malórum máchinátrīx făcĭnorum;

ăn ălĭqua poénae párs meae ignotást mihi,

lăcĕrācve fíxis únguibús venaé fluant,

quīn pŏtĭus ira cóncitúm pectús doma,

fas ómne cédăt ābĕat éxpulsús pudor,

evásit ét pĕnĕtrále fúnestum áttigit,

parum ípse fidēns mĭhĭmet ín tutó tua.

Doch werden nur sehr selten beide Längen eines und desselben Versfußes zugleich in Kürzen aufgelöst, so daß ein tetrabrachys entsteht, z. B.

păvĕt ānĭmus ártus hórridús quassát tremor.

Anmerk. 1. Weniger genaue Trimeterschreiber brauchen auch statt des 2. und 4. *iambus* den *spondeus*, erhalten also nur dem 6. seine Kürze rein, z. B.

ut mós ēst vŏlgi pássim ēt cértatim rŭit.

Anmerk. 2. Anderen erscheint der im 5. Fuße nothwendige *spondeus* als lästige Fessel, weshalb sie dort ebenso oft den *iambus* zulassen, z. B.

neque hic lupis mos néc fuit lĕónĭbus.

Anmerk. 3. Umgekehrt kommen auch wieder, neben zahlreichen Mischarten, ganz reine *iambi* und zwar bei guten Gewährsmännern vor, für welche das Schema ist:

$$\smile \perp | \smile \perp | \smile \| \perp | \smile \perp | \smile \perp | \smile \perp$$

Sabinus ille quem videtis hospitēs,
gener socerque perdidistis omniă.

§. 38.

a. Nah verwandt dem gewöhnlichen iambischen Trimeter ist der *iambicus senarius claudus* oder *scazon* (σκάζων), auch *choliambus* (χωλίαμβος) genannt, bestehend aus 5 *iambis* und 1 *trochaeus*, der den gewohnten Gang des Verses urplötzlich unterbricht. Schema:

$$\smile \perp \smile \perp \smile \| \perp \smile \perp \smile \perp \smile$$

quaē tú volébās ‖ néc puélla nólébăt,
ăn aēmulătŭr ‖ improbí iocós Phaédrī,

also auch hier wieder die beliebten 3 syllabae ancipites am Anfange, am Ende und vor dem Haupteinschnitt.

b. Im 2., 4. und 5. Fuße bewahrt er, wenigstens nach dem Usus aller besseren Dichter, fest den reinen iambus.

c. Minder gewöhnlich wird auch in diesen Skazonten statt des Haupteinschnittes vor der 3. arsis ein solcher am

Ende des 2. *iambus* nebſt einem Nebeneinſchnitt vor der 4. *arsis* ſubſtituirt, z. B.

> quodcúmquĕ agít ‖ renidet⏉húnc habét mórbum.

d. Auflöſung der Längen in 2 Kürzen iſt hier nur bei den vier erſten Arſislängen und der Anfangsſilbe des ganzen Verſes geſtattet, vgl.

> et cŭpĭt et ínstat ét precátur ét dónat,
>
> et múlta frágrat tésta sĕnĭbus aútúmnis,
>
> ăquĭlisque sĭmīles făcĕre nóctuás quaéris.

§. 39.

Von trochäiſchen Verſen ſei nur erwähnt der *quadratus* oder *trochaicus septenarius*, der ein verkürzter trochäiſcher Tetrameter (τετράμετρος τροχαϊκὸς καταληκτικός) iſt und deſſen normale Geſtalt zu ſein ſcheint

$$-\cup | -\cup | -\cup | -\cup \| -\cup | -\cup | -\cup | \underline{\cup}$$

> pércrĕpă pūgnám Pŏpíllī ‖ fáctā Córnēlī cănĕ̄,

ſo daß er alſo den nothwendigen Haupteinſchnitt gerade in ſeiner Mitte, d. i. vor der 5. Hebung hat, und im 1., 3., 5. und 7. Fuße den reinen *trochaeus*, beziehentlich aufgelöſt in einen tribrachys, bewahrt, während er ihn im 2., 4. und 6. Fuße mit *spondeis* oder, was daſſelbe iſt, mit dactylis, nach Befinden wiederum aufgelöſt zu anapaestis oder tetrabracheis, abwechſeln läßt. Vgl. folgende Beiſpiele von Auflöſung der Arſislängen:

> rŏtă rĕsistāt | membră torquēns ‖ tangăt Ixī|on hŭmum,
>
> undă mĭsĕrīs | grată Lethēs ‖ vosquĕ torpēnt|es lăcus,
>
> reddĕre autēm | pĕdĭbŭs isdēm ‖ plură cogōr | nomĭna,
>
> longă fit sī | primă pŏsĭtū ‖ tum dŭorūm | tempŏrum,
>
> sidĕra et mān|es ĕt undās ‖ scĕlĕrĕ complē|vi mĕo,
>
> littĕris aūt|em Lătinīs ‖ Graecă quĭbŭs ēst | formŭla,
>
> obsĕcro hoc prae|vertĕre, ergō ‖ quid nĕgotīst? | mŭlĭĕres;

und folgende Verse mit aufgelösten Thesislängen:

consŏnas fĭĕr|i nĕcessēst ‖ his prĭōrēs | littĕras,
pallĭdi faūc|es Āvernī ‖ vosquĕ Taenărĭ|i spĕcus;

ferner folgende Beispiele der Zulassung von Kürzen in der Thesis des 2., 4. und 6. Fußes:

nunc adestĕ | saeva pontī ‖ monstra nunc vāst|um mare,
emicat vāst|o fragorĕ ‖ maior humān|o sonus,
sufficit vīt|are labēs ‖ et carerĕ | sordibus.

Anmerk. Nicht zu empfehlen ist die **doppelte Längenauflösung in einem und demselben Fuße**, wie:

Aeol|ĭcă dĭă|lectos | autem ‖ mixta | fermest | Ital|ae,

noch weniger endlich die Zulassung des *spondeus* oder *dactylus* auch im 1., 3. u. 5. Fuße, wie es oft bei Plautus geschieht, vgl.:

sed nōl|o mi ob|lātrātr|icem in ‖ aedēs | intro|mittere,
siquĭd ăm|icum erg|a bĕnĕ|feci aut ‖ consŭlŭ|i fid|eliter.

§. 40.

a. Unter den **anapästischen** Versen gedenken wir des dimeter anapaesticus (δίμετρος ἀναπαιστικός), bestehend aus 4 Anapästen, die mit Spondeen abwechseln, und einen stehenden Haupteinschnitt gerade in der Mitte des Verses bietend. In diesem in seiner vielfachen Verschiedenheit reizenden Verse können verwendet werden:

1) **4 anapaesti:**

α. fŭgĭắt trĕpĭdī ‖ cŏmĕs ĕxĭlĭī;

2) **1 spondeus und 3 anapaesti:**

β. iām nṓn stăbĭlis ‖ rŭĕt árctŏphўláx,
γ. sōlĭtāē mūndī ‖ pĕrĭḗrĕ vĭcḗs,
δ. Phrўgĭúmquĕ nĕmús ‖ mātrĭs Cўbĕlḗs,
ε. ălĭtúrquĕ sĭtĭs ‖ lătĭce ingēstó;

3) 2 spondei und 2 anapaesti;

ζ. sīgnúm cēlsĭ glăcĭálĕ pŏlí,
η. iām caerŭlĕis ēvéctŭs ăquís,
ϑ. īntér sŭbĭtós stĕtĭt hórrōrés,
ι. plăcĭdús fēssúm lēnĭsquĕ fŏvé,
κ. vŏlŭcér mātrĭs gĕnŭs Ástraeae,
λ. sĕnĭs ĭn iŭgŭló tēlúm Pȳrrhí;

4) 3 spondei und 1 anapaestus:

μ. lāxós aūrá cōmpléntĕ sĭnús,
ν. ērrát cūrsú lĕvĭs ĭncērtó,
ξ. hīc quĭ nĭtĭdó taūrús cōrnú,
o. pătĕr ó rērúm pōrtús vītae;

5) 4 spondei:

π. nūnc vélōcés fīgĭs dāmmás.

b. Noch vermehrt wird die Abwechselungsmöglichkeit dadurch, daß solche Spondeen, doch nur im ersten und dritten Versfuße, wieder in Daktylen auflösbar sind, wobei aber ferner zu vermeiden ist, daß auf einen solchen *dactylus* unmittelbar ein *anapaestus* folge; so ergeben sich folgende fernere Abarten:

6) 1 dactylus und 3 spondei:

ϱ. nōn căpĭt ŭmquám mägnós mōtús,
σ. ēt cóngēstó paūpĕr ĭn aūróst;

7) 1 dactylus, 2 spondei und 1 anapaestus:

τ. sōrdĭdă pārvae fōrtúnă dŏmús,
v. sīvĕ fĕrōcĭs iŭgă Pýrēnés,
φ. mōllĭ pĕtŭláns haedŭs ĭn hērbá,
χ. lĭbĕt ĭnfaūstós mīttĕrĕ questús;

8) 1 dactylus, 1 spondeus und 2 anapaesti;

ψ. pēctŏrā̆ lōngĭs hĕbĕtătă mălĭs,

ω. văcŭāe rĕpărănt ūbĕră mātrés;

9) 2 dactyli und 2 spondei:

αα. cōntrăhĭt īgnés lūcĕ rĕnātă.

c. Am Schluß auch dieser Versart steht nicht selten eine kurze Silbe, doch meist so, daß sie selbst consonantisch ausgeht und der nächste Vers wiederum consonantisch beginnt, man also, die beiden Verse in unmittelbarer Folge zusammenhängend gedacht, eine Positionslänge erhält, z. B.

grege dimissó pabúla cārpĭ́t
*l*udit prató etc.

d. Nach einer längeren Reihe anapästischer Dimeter pflegt das Ganze (σύστημα) durch einen Monometer geschlossen zu werden, der meist folgende Form hat:

$$- \cup \cup - \breve{\ }$$

und so dem unter die daktylischen Verse gehörigen Adonius (ὁ Ἀδώνιος) gleichkommt, vgl.

nos e tanto visi populo
digni premeret quos inverso
cārdĭnĕ mūndŭs.

§. 41.

a. Ueber die lyrischen Metra des Horaz genüge Folgendes:

Die sapphische Strophe (στροφὴ Σαπφική) hat er in freier Abweichung von dem griechischen Vorbild so constituirt, daß sie aus drei gleichen Zeilen (sapphische Verse) mit dem Maße

$$- \cup | - - | - \| \cup \cup | - \cup | - \breve{\ }$$

und dem bereits (§. 40 d) erwähnten versus Adonius

$-\smile\smile\,|\,-\smile$

besteht, vgl.

> cláre Maécenás ‖ eques út patérnī
> flúminis ripaé ‖ simul ét iocósă
> rédderét laudés ‖ tibi Váticánī
> móntis imágō.

Anmerk. Diesen sapphischen Vers verwechselt man leicht mit dem phaläkischen (§. 36), da er nicht nur wie dieser ein eilfsilbiger ist, sondern ihm auch an quantitativem Gehalt (je 8½—9 Längeneinheiten), ja selbst in der Vertheilung der Einheiten auf Längen und Kürzen (je 6 Längen, 4 Kürzen und 1 vocalis anceps) gleichkommt. Kein Wunder nun, daß z. B. der obige sapphische Vers

flŭmĭnīs rīpāē sĭmŭl ĕt ĭŏcōsă

durch bloße Umstellung zu einem phaläkischen wird:

rīpāē flŭmĭnīs ĕt sĭmŭl ĭŏcōsă.

b. Den Haupteinschnitt nach der 3. arsis bevorzugt Horaz überwiegend, unter den Ausnahmefällen aber überwiegen wieder die mit dem doppelten Haupteinschnitt nach der 2. und 4. *arsis* und zugleich dem Nebeneinschnitt nach der 1. Kürze des 3. Fußes, wie

> Mércurī ‖ facúndĕ ⊤ nĕpós ‖ Atlantis,

woneben in immer absteigender Menge vorkommen:

1) HE. 1. und NE.:

> laúreă ‖ donándŭs ⊤ Ăpóllinari,

2) HE. 2. und NE.:

> férvet immensúsquĕ ⊤ rŭit ‖ profundo,

3) NE. allein:

> lénis Ilithyiă ⊤ tŭére matres.

Welch augenfälliges Analogon zu dem über die Haupt- und Nebeneinschnitte des Hexameters (§. 29 a. b) Aufgestellten!

c. Ueber hier vorkommende versus hypermetri vgl. §. 31. Anmerk. 1. 2.

§. 42.

a. Die alkäische Strophe (στροφὴ 'Ἀλκαϊκή), ebenfalls durch Horaz romanisirt, hat folgendes Metrum:

$$\asymp\,|\stackrel{\_}{\cup}|\stackrel{\_}{\_}\,\|\stackrel{\_}{\cup}\cup|\stackrel{\_}{\cup}\stackrel{\smile}{}\text{ (bis)}$$
$$\asymp\,|\stackrel{\_}{\cup}|\stackrel{\_}{\_}|\stackrel{\_}{\cup}|\stackrel{\_}{\smile}$$
$$\stackrel{\_}{\cup}\cup|\stackrel{\_}{\cup}\cup|\stackrel{\_}{\cup}|\stackrel{\_}{\smile}$$

wobei der strengere Usus hinsichtlich der betreffenden syllabae ancipites am Anfange der Verse sich mehr für die Länge, hinsichtlich derer am Ende aber wiederum für Länge oder wenigstens consonantisch auslautende Kürze (vgl. §. 40 c und §. 32 Anm.) entschieden hat. Demnach ist völlig untadlig folgende Strophe:

nōn sémper ímbres ‖ núbibus híspidōs
mānánt in ágros ‖ aút mare Cáspiu̯m
vēxánt inaéquálés procéllāē
úsque nec Ármeniīs in órīs,

nicht aber in gleicher Weise gefeilt die folgende:

vĭdés ut álta ‖ stét nive cándidum
Sorácte néc iam ‖ sústineánt onus
silvaé labórantés gelúquĕ
flúmina cónstiterint acúto.

Anmerk. 1. Vor der Cäsurstelle des ersten Zeilenpaares tritt nie eine Kürze, ganz ausnahmsweise nur eine Auflösung der Länge in zwei Kürzen ein, z. B.

hinc ómne princĭpĭ‖um húc refer éxitum.

Anmerk. 2. Die Cäsur wird fast nie verletzt, eins dieser höchst seltenen Beispiele ist:

mentémque lýmpha—tám Mareótico.

b. Ueber hier vorkommende hypermetri vgl. §. 31. Anm. 1.

§. 43.

a. Zu den choriambischen Maßen endlich gehören die sogenannten asklepiadeischen Verse (nach dem Grammatiker Ἀσκληπιάδης benannt), von denen die gebräuchlichsten aus einem spondeischen Vorschlag (βάσις, auch ἀνάκρουσις), 1—3 Choriamben und einem iambischen Schluß (clausula, κατάληξις) bestehen. Die 3 Hauptformen sind also:

1) $\underline{} - \underline{} \cup \cup \underline{} \cup \overset{\smile}{\underline{}}$

   audax omnia perpetī,
   cui frons turgida cornibŭs;

2) $\underline{} - \underline{} \cup \cup \underline{} \parallel \underline{} \cup \cup \underline{} \overset{\smile}{\underline{}}$

   seu rupit teretes ‖ Marsus aper plagās,
   Myrtoum pavidus ‖ nauta secet marĕ;

3) $\underline{} - \underline{} \cup \cup \underline{} \parallel \underline{} \cup \cup \underline{} \parallel \underline{} \cup \cup \underline{} \overset{\smile}{\underline{}}$

   mordaces aliter ‖ diffugiunt ‖ sollicitudinēs,
   quae mens est hodie ‖ cur eadem ‖ non puero fuĭt.

b. Bei Horaz, der aus diesen 3 Versformen bald gleichartige, bald verschiedenartige Strophen zusammensetzt, und bei anderen accuraten Dichtern wird in keiner dieser 3 Ordnungen die spondeische Basis mit einer trochäischen oder iambischen vertauscht, wie dies z. B. Catull in folgenden Zeilen der 1. Ordnung (versus Glyconēus, Γλυκώνειος) thut:

   mōntĭum domina ut fores,
   pŭēllae et pueri integri.

Anmerk. Verletzungen der Cäsur in Versen der 2. u. 3. Ordnung sind nur selten, z. B.

   dum flagrantia de—torquet ad oscula,
   nec facta impia fall—acum hominum ‖ caelicolis placent,
   arcanique fides ‖ prodiga per—lucidior vitro.

c. Ueber hier vorkommende hypermetri vgl. §. 31 Anm. 1. 2.

§. 44.

Hier mögen noch die sotadeischen Verse (nach dem Dichter Σωτάδης benannt) erwähnt sein, deren sich Terentianus Maurus wiederholt bedient, bestehend aus 3 Ionicis maioribus oder Sotadēis und 1 trochaeus; ursprüngliches Schema:

⏑⏑ _ ⏑ ⏑ | _ _ ⏑ ⏑ | _ _ ⏑ ⏑ | _ ⏓

longam faciet non minus hanc consona solă,
pars dimidium vocis opus proferet ex sē,
păriambon habebit simul et semipedem unŭm,
itĭdem parili sede sequi phi quoque tum psī;

verändert durch Umsetzung des 3. Sotadeus in 2 trochaei:

⏑⏑ _ ⏑ ⏑ | _ _ ⏑ ⏑ | _ ⏑ | _ ⏑ | _ ⏓

nūllumque sine illis potis ēst cŏīrĕ verbŭm,
ūtcumque tamen promitur ōrĕ sēmĭclusō,
vălĭdum penitus nescio quīd tĭnīrĕ cogĭt,
ĕlĕmenta rudes quae puerōs dŏcent măgistrī,

selten des 1. Sotadeus:

_ ⏑ | _ ⏑ | _ _ ⏑ ⏑ | _ _ ⏑ ⏑ | _ ⏓

fĭĕt hīnc ĭambus prior et dibrachys alter,

oder beider:

_ ⏑ | _ ⏑ | _ _ ⏑ ⏑ | _ ⏑ | _ ⏑ | _ ⏓

pēs ŭt īntĕger sit gemĭnūs sĭmŭlque īn aurĕ,
sōlă cōnsŏnans ipsa fit ūt prĭus nŏtastī;

verändert endlich durch Auflösung der Längen der 3 Sotadei:

⏑⏑ ⏑⏑ ⏑ ⏑ | ⏑⏑ ⏑⏑ ⏑ ⏑ | ⏑⏑ ⏑⏑ ⏑ ⏑ | _ ⏓

Caecĭlĭus erit consimilis pedis figurae,
solet integer ănăpaestus et in fine locari,
diversa volunt ălĭa docent ordine nullo,
catalexis enim dicitur ĕă clausula versus,
Menelaus ei nomen erit sĭmĭle locatum.

§. 45.

a. Ein längeres Gedicht Catulls ist in dem schwierigen **galliambischen** Metrum geschrieben, einer Abart der Ionici minores, worüber zum Schluß noch kurz Folgendes bemerkt sei. Allgemeinstes Schema:

$$\smile\smile\bar{}\smile\bar{}\smile\bar{}\,\|\,\smile\smile\bar{}\smile\smile\bar{}\smile\breve{}$$

 itaque út domúm Cybébes ∥ tetigére lássulae,
 aliéna quaé peténtes ∥ velut éxulés locá.

b. Dazu kommt Vertauschung der 2 *dibracheis* am Anfange der beiden Vershälften mit Längen, und Auflösung der 1., 2., 4. und vor allen der 5. Arsislänge in 2 Kürzen, als:

 iām iam dolet quod egi ∥ iām iamque paenitet,
 ego viridis álgida Idae ∥ nive amicta loca colám,
 dea mágna deā Cybébe ∥ dea dŏmĭna Díndymi.

c. Endlich geschieht, wenn auch nur sehr vereinzelt, eine theilweise Rückkehr zu den ursprünglichen Ionicis durch die kühne Umsetzung (ἀνάκλασις) des nach dem ersten ictus jeder Vershälfte obigen Schemas stehenden *iambus* in einen *trochaeus*, so daß das neue Schema, das aber nie in **beiden Hälften zugleich** befolgt ist, sein würde:

damit vergleiche:

 hiláráte āĕrĕ citátis ∥ erróribús animúm,
 aberó foró palaéstra ∥ stadio ét gymnăsiís.